सारे सपने बागी हैं

सारे सपने बागी हैं

माधव कौशिक

वाणी प्रकाशन

वाणी प्रकाशन

4695, 21-ए, दरियागंज, नयी दिल्ली 110 002

शाखा

अशोक राजपथ, पटना 800 004

फ़ोन: +91 11 23273167 फ़ैक्स: +91 11 23275710

www.vaniprakashan.in
vaniprakashan@gmail.com

SAARE SAPNE BAAGI HAIN
by Madhav Kaushik

ISBN : 978-93-5072-364-7
Ghazals

प्रथम संस्करण

मूल्य : ₹125

हर्ष प्रिंटर्स, दिल्ली-110 093 में मुद्रित

वाणी प्रकाशन का लोगो मक़बूल फ़िदा हुसेन की कूची से

प्रो. मंजू जेडका के लिए सादर

निवेदन

'सारे सपने बागी हैं' मेरा दसवाँ ग़ज़ल संग्रह है। इस संग्रह के आने तक साहित्यिक परिदृश्य में बहुत से सकारात्मक परिवर्तन हुए हैं। अब हिन्दी ग़ज़ल की स्वीकार्यता पर कोई प्रश्न-चिह्न नहीं है। हिन्दी कविता की इस प्रमुख तथा प्रखर काव्य-विधा ने भी अपनी शक्ति तथा सामर्थ्य को सिद्ध कर दिया है। समकालीन समाज के यथार्थ को प्रामाणिक ढंग से अभिव्यक्ति प्रदान करने तथा समय के सच को उद्घाटित करने में हिन्दी ग़ज़ल अन्य काव्य-विधाओं से सदा दो कदम आगे ही रही है।

यह भी एक कटु सत्य है कि साहित्य एवं संस्कृति के लिए जितनी संकटपूर्ण विषम परिस्थितियाँ वर्तमान में हैं, इतनी सम्भवतः कभी नहीं रहीं। भूमंडलीकरण तथा बाज़ारवाद की अपसंस्कृति ने भौतिकवाद की आँधी को इतना तीव्र कर दिया है कि मानव-मूल्यों को संरक्षित एवं पोषित करने वाली सभी शक्तियाँ स्वयं को अशक्त और निरीह अनुभव करने लगी हैं। नैसर्गिक तथा शाश्वत जीवन-मूल्यों के स्थान पर अराजकता, पाखण्ड तथा अमानवीयता का कलुष चारों ओर पसरा दिखाई देने लगा है। ऐसे में समाज की संवेदनशीलता भी निचले स्तर तक पहुँच गयी है।

ऐसे भयावह तथा असुरक्षित वातावरण में केवल सार्थक सोच रखने वाले संवेदनशील रचनाकार, कलाकार तथा विचारक ही समय ही गति को मोड़ने तथा समाज में गुणात्मक परिवर्तन के पक्षधर हैं। वे ही इस संसार को जड़ता, संकीर्णता तथा क्रूरता से मुक्त करने में लगे हैं। किन्तु इन स्वप्नद्रष्टा रचनाकारों का प्रत्येक सपना समाज में यथास्थिति बनाये रखने के पक्षधर व्यक्तियों की आँख में काँटा बनकर चुभता है। उन्हें संसार को सुन्दर तथा श्रेष्ठ बनाने वाला हर सपना बागी तथा विद्रोही प्रतीत होता है।

अस्तु, इस संग्रह की ग़ज़लों में समाज की विसंगतियों तथा विद्रूपताओं के साथ उलझते, संघर्ष करते आम आदमी की आशा-निराशा तथा उसके रक्त-रंजित संघर्ष

का चित्रण हुआ है। आम आदमी के इन सपनों की अदम्य जिजीविषा तथा अटूट आस्था ने इन ग़ज़लों को ज़द्दोजहद का बेलाग स्वर भी बख़्शा है। यदि ये ग़ज़लें आपके सपनों के क्षितिज को और अधिक विस्तार देने में सफल होती हैं तो स्वयं को बड़भागी समझूँगा।

अन्त में, वाणी प्रकाशन तथा श्री अरुण माहेश्वरी का हृदय से आभारी हूँ जिनके सौजन्य से यह संग्रह आप तक पहुँच पाया है।

—माधव कौशिक

अनुक्रम

जाने कब महसूस करोगे गहराई बाज़ारों की
घर आँगन को लील गयी है परछाईं बाज़ारों की।

पहले तो शहरों में केवल लम्बे-चौड़े होते थे
अब तो आसमान छूती है ऊँचाई बाज़ारों की।

जब भी मैंने भरी भीड़ में खुद को तन्हा देखा है
तब तब मुझको याद आयी है तन्हाई बाज़ारों की।

चहल-पहल की चकाचौंध में जाने कितने दर्द छिपे
सिर्फ मातमी धुन पर गाती शहनाई बाज़ारों की।

लाखों जिस्म बिके तब जाकर एक नुमाइश कहीं लगी
लाखों हाथ कटा कर की है भरपाई बाज़ारों की।

•

किसी चेहरे पे दुख अपना असर साबित नहीं करते
भले इंसान होते हैं मगर साबित नहीं करते।

तुझे तो अपने होने का गुमां तक भी नहीं होता
तू कितनी खूबसूरत है अगर साबित नहीं करते।

ये दुनिया वास्तव में रहने के काबिल कहाँ होती
अगर कुछ लोग हाथों का हुनर साबित नहीं करते।

हँसी-ठट्ठा, चुहलबाजी न जुमले बेहयाई के
ये कैसे घर हैं जो अपने को घर साबित नहीं करते।

सुना था शहर में रहते हैं सब के सब ज़हन वाले
ज़रा सी बात है लेकिन नगर साबित नहीं करते।

अँधेरों में पड़े रहने का फ़न हमको भी आता है
हमारी बेबसी शामो-सहर साबित नहीं करते।

धरती का सीना फटता है क्यों कैसे अम्बर से पूछ
कहाँ क़ाफिला लुटा राह में जा अपने रहबर से पूछ।

पूरी रात गुज़ारी कैसे, आँखों से भी दिखती है
लेकिन मन की बेचैनी को बस अपने बिस्तर से पूछ।

मुंसिफ से मिल कर मुजरिम ने बेच दिया न्यायालय को
किसने, किसका कत्ल किया है इस गूँगे ख़ंज़र से पूछ।

तू तो घर का मालिक हो कर घर से नफरत करता है
घर के ना होने का मतलब बंजारे-बेघर से पूछ।

इसके सीने में भी कितनी छिपी हुई हैं तस्वीरें
संगतराश क्या बतलायेगा, ये बातें पत्थर से पूछ।

अली-औलिया, पीर फकीरों की नज़रों में कब आये
किसने कितने पाप किये हैं, चढ़ी हुई चादर से पूछ।

दुनिया का राज़ दर्द ने सारा समझ लिया
तूफान को भी हमने किनारा समझ लिया।

उसके लिए तो मौत भी महँगी पड़ी बहुत
दुनिया को जिसने अपना इदारा समझ लिया।

काँटों का साथ छोड़ कर बैठी है फूल पर
तितली ने अब की बार इशारा समझ लिया।

टूटा था तख़्त शाह का अपने ही बोझ से
लोगों ने ये भी दोष हमारा समझ लिया।

अब प्यास है कि तोड़ रही है तमाम जिस्म
पानी को हमने भूल से पारा समझ लिया।

गिरने लगी हैं टूट कर महलों की बुर्जियाँ
अवाम ने इसे भी नज़ारा समझ लिया।

दुश्मन रहा है जान का जो शख़्स उम्र भर
हमने उसे भी जान से प्यारा समझ लिया।

क्यों शोर मचाते हो बेकार में पहले से
जब झूठ ही छपता है अखबार में पहले से।

होता है यही सब कुछ संसार में पहले से
बिकती है मुहब्बत भी बाज़ार में पहले से।

हम लोग समझते थे कि हम हैं यहाँ अव्वल
कुछ लोग चिने पाये दीवार में पहले से।

बस हाथ से छूने पर महसूस तुम्हें होगा
सोया है कोई दरिया अंगार में पहले से।

फैला तो लहर बन कर आकाश को छू आया
क़तरा ही समुन्दर था आकार में पहले से।

दुनिया के सभी पर्वत क्या रोक सके इसको
आवाज़ ही रहती है रफ्तार में पहले से।

हालात हवा बनकर शोलों में बदलते हैं
इक आग तो होती है फ़नकार में पहले से।

पूरी धरती, आसमान से कम कुछ भी मंज़ूर नहीं
हमको अब दोनों जहान से कम कुछ भी मंज़ूर नहीं।

बरसों से धरती के सारे दर्द सहन कर, टूट गये
सपनों की ऊँची उड़ान से कम कुछ भी मंज़ूर नहीं।

झूठ-मूठ की परी कथाओं को सुनने का वक़्त गया
सीधी-सच्ची दास्तान से कम कुछ भी मंज़ूर नहीं।

हाकिम ने यह हुक्म दिया है शायद मेरे बारे में
कटी हुई काली ज़ुबान से कम कुछ भी मंज़ूर नहीं।

रोज़-रोज़ के धोखे खाकर हमने भी यह सीख लिया
खतरे के खूनी निशान से कम कुछ भी मंज़ूर नहीं।

जाने किस दिन आम आदमी इतना कहना सीखेगा
रोटी, कपड़ा और मकान से कम कुछ भी मंज़ूर नहीं।

अपने दिल का हाल सुनाना कम से कम
आँखों में आँसू भी लाना कम से कम।

मिलने वाली चीज़ें खुद मिल जाती हैं
अपने दामन को फैलाना कम से कम।

दिल के रिश्ते धन-दौलत पर भारी हैं
दुनिया के दस्तूर निभाना कम से कम।

राहजनो! बेशक से लूटो घर मेरा
पर सपनों में सेंध लगाना कम से कम।

ज़्यादा झुकने पर पगड़ी गिर सकती है
दरबारों में शीश झुकाना कम से कम।

ज़्यादा से ज़्यादा सुनना सबके मन की
अपने बारे में बतलाना कम से कम।

दरवाज़े, दीवार, खिड़कियाँ किसकी हैं
सन्नाटे के पार सिसकियाँ किसकी हैं।

बुलडोज़र की आँखों में भी आँसू हैं
कुछ तो सोचो ध्वस्त बस्तियाँ किसकी हैं।

मुश्किल है अन्दाज़ लगाना चेहरे से
चेहरे पर अनगिनत झुर्रियाँ किसकी हैं।

हर कोई कहता है मेरी नहीं अगर
इतिहासों में दर्ज़ ग़लतियाँ किसकी हैं।

इस घर में केवल मैं ही तो रहता हूँ
इतनी सारी नाम-तख़्तियाँ किसकी हैं।

भटकी है रोज़ अपनी नज़र दूर-दूर तक
साया ना सायेदार शजर दूर-दूर तक।

अब के बहार आयी अगर दूर-दूर तक
खुशबू ना खुशबुओं का असर दूर-दूर तक।

सच्चाई मन की कोख से बाहर न आ सकी
फैली हुई है झूठी खबर दूर-दूर तक।

ये और बात पाँवों के छाले बचे नहीं
करता रहा हूँ मैं भी सफ़र दूर-दूर तक।

तुमने तो सिर्फ हाथ से छुआ ही था उसे
बिखरा हुआ है काँच का घर दूर-दूर तक।

मजहब का ख़ूनी मंज़र है, इतना भी मालूम नहीं
किसके हाथों में ख़ंज़र है, इतना भी मालूम नहीं।

दौड़ रहे हैं पाँव इधर से उधर मगर अफरातफरी में
कटा हुआ सपनों का सर है इतना भी मालूम नहीं।

हाथ उठा कर दुआ माँगना यारो अब तो बन्द करो
गूँगा-बहरा हर अम्बर है, इतना भी मालूम नहीं।

इसमें कहाँ समा सकती है कश्ती अपने ख़्वाबों की
कतरे से उथला सागर है इतना भी मालूम नहीं।

हर बरगद की जड़ें काटने वालो इतना ध्यान रहे
किस पर कहाँ, कौन निर्भर है इतना भी मालूम नहीं।

गयी कहाँ से कहाँ नज़र अफरातफरी में
सूख गया हर हरा शजर अफरातफरी में।

मुश्किल से पुरखों ने इसे बनाया है
कहीं टूट जाये ना घर अफरातफरी में।

कहीं चुभा काँटा तो दामन कहीं फटा
किया दर्द से भरा सफ़र अफरातफरी में।

मंज़िल तक जाने का रस्ता गायब है
रहे भटकते पाँव मगर अफरातफरी में।

ठीक नाक के नीचे खुशियाँ बसती हैं
ढूँढ़ रहे हैं इधर-उधर अफरातफरी में।

जिधर भी देखो, वहीं नज़र में तन्हाई
फैल गयी है पूरे घर में तन्हाई।

भीड़ बहुत है लेकिन मुझको लगता है
सिर्फ चलेगी साथ सफ़र में तन्हाई।

आने वाली पीढ़ी की किस्मत देखो
उन्हें मिलेंगे नगर, नगर में तन्हाई।

पत्ते भी हिलते हैं पर खामोशी से
ढूँढ़ रही है हवा शजर में तन्हाई।

मन का खालीपन खाली है कुछ इतना
दिल भी तन्हा और जिगर में तन्हाई।

तन्हाई से डर जाने का ग़म कैसा
मुश्किल से मिलती है घर में तन्हाई।

घर वाले हो गये हैं घर में बेकाबू
बहुत हुए हालात नगर में बेकाबू।

जिसे देखिए आग-बबूला फिरता है
कैसे दुनिया हुई गदर में बेकाबू।

वरना मंज़िल खो जायेगी राहों में
मत हो जाना दोस्त सफ़र में बेकाबू।

हाकिम के कब्ज़े में सब कुछ रहा मगर
केवल हम ही रहे शहर में बेकाबू।

पूरा एक समुन्दर लहरें लील गयीं
कतरा ही तो रहा लहर में बेकाबू।

इतनी सारी बन्दिश लिखने वालों पर
फिर भी शायर रहे बहर में बेकाबू।

याद का काँटा निकलता ही नहीं
प्यार का मौसम बदलता ही नहीं।

आह कितनी भी भरे कोई कहीं
दर्द का पत्थर पिघलता ही नहीं।

वक़्त तक सँभला है मेरे सामने
आदमी गिर कर सँभलता ही नहीं।

उसकी आँखें बोलती हैं सच बहुत
राज़ दिल के जो उगलता ही नहीं।

सड़क से संसद तलक खामोशियाँ
अब कोई मुद्दा उछलता ही नहीं।

काश! उग जाये हमारे ज़ेहन में
प्यार का सूरज, जो ढलता ही नहीं।

जाने किस मिट्टी का वो इंसान है
बेबसी में हाथ मलता ही नहीं।

घर से बाहर भी न आये देर तक
दर सभी के खटखटाये देर तक।

वक़्त की आँधी में सारे गिर गये
महल सपनों के बनाये देर तक।

चाहे गहरा दर्द था दिल में धँसा
हम भी खुलकर खिलखिलाये देर तक।

दूर तक सरगोशियाँ होती रहीं
आप इतने याद आये देर तक।

फूल सा नाजुक बदन छिलने लगा
धूप ने काँटे बिछाए देर तक।

आप तो मदहोश हो कर गिर पड़े
होश में हम भी न आये देर तक।

एक दो हो तो कोई गिनती करे
रोज़ दिल ने ज़ख़्म खाये देर तक।

ज़िन्दगी मायूस हो, बैठी रही
ग़मज़दा, पलकें झुकाये देर तक।

नींद ही जिनका मुकद्दर बन गयी
कौन किसको क्यों जगाये देर तक।

बेशक तन को घुन लग जाये लेकिन मन बीमार न हो
और किसी के भी आँगन में नफरत की दीवार न हो।

खुली हवा में ज़िन्दा रहना शायद हम भी भूल गये
जीने के बुनियादी हक से वंचित हर हकदार न हो।

ऊपर जाने वाली चीज़ें निश्चित नीचे आती हैं
लेकिन शैतानों जैसा भी इनसानी किरदार न हो।

चलो एक ऐसा फौलादी सपना भी ईज़ाद करें
मौत के अन्धे मुँह में भी जो मरने को तैयार न हो।

अगर उजाला जीत नहीं सकता तो कोई बात नहीं
मगर किसी जुगनू के हाथों सूरज की भी हार न हो।

देख अँधेरा कम करने की कोशिश में
हम भी मारे गये वक़्त की साज़िश में।

रोक, आँख के आँसू यूँ मत बहने दे
कहीं भीग जाए ना बादल बारिश में।

अब दोबारा मिलने की उम्मीद न कर
टूट गया सम्बन्ध आपसी रंजिश में।

जितने पंछी उड़े, ज़मीं पर ढेर हुए
आसमान छूने की अन्धी ख़्वाहिश में।

प्यार की हर चिड़िया को अब आज़ाद करो
दम घुट जायेगा रिश्तों की बंदिश में।

उम्र भर चलते रहे लेकिन कहीं पहुँचे नहीं
मेरे जैसे आदमी क्या आजकल होते नहीं।

जिसके पैरों के निशां भी बन गये मंज़िल नयी
आपने उस शख़्स के छाले कभी देखे नहीं।

एक-दो होते तो हम भी याद रख लेते ज़रूर
किसने अपने ख़्वाब पैरों के तले रौंदे नहीं।

तैरती लाशों को देखा तो समुन्दर ने कहा
किस तरह के लोग थे जो डूब कर डूबे नहीं।

रोज़ इक सदमा गुज़रता है जिगर को चीर कर
पर हमारा हौसला देखो कि हम रोते नहीं।

रस्ते में ही राह बदल कर बैठ गये
कई मुसाफिर पीछे चल कर बैठ गये।

घोर अँधेरी रात कान में यूँ बोली
कुछ सूरज थे दिन में ढल कर बैठ गये।

हुआ कलम जब सर अपना तो जग वाले
पहले थोड़ा झुके, सँभल कर बैठ गये।

अब कोई किस और कहाँ तक जायेगा
कन्धों पर बेताल उछल कर बैठ गये।

कड़ी धूप की रंजिश हमसे मत पूछो
शीशे जैसे बदन पिघल कर बैठ गये।

जीना अगर ज़रूरत है
मरना तल्ख़ हक़ीक़त है।

सारे सपने बागी हैं
अपनी-अपनी किस्मत है।

कितनी ग़ज़लें कहता हूँ
सब ज़ख़्मों की शिद्दत है।

उतनी उसकी तनहाई
जितनी जिसमें हिम्मत है।

खुद से मिलने भी आये
किसको इतनी फुरसत है।

तन्हाई में मेरे साथ
दीवारें हैं या छत है।

शोर मचाता फिरता है
यह दरिया की फितरत है।

प्यार भरे उस रिश्ते की
शेष निशानी इक खत है।

क्या बतायें तुम्हें कि क्या देखा
उनके चेहरे में बस ख़ुदा देखा।

इक जुनूं था कि चल पड़े घर से
राह देखी ना रास्ता देखा।

आँधियाँ भी उदास बैठी हैं
क्या चिराग़ों का हौसला देखा।

मर गया जीते जी वही इन्सां
जिसने दुनिया का आसरा देखा।

तुम मेरे साथ चल रही हो कहीं
ख़्वाब में एक ख़्वाब सा देखा।

छँट गयी धुन्ध, धूप भी निकली
हमने सूरज नया-नया देखा।

ठीक रहबर न मिल सका हमको
एक के बाद दूसरा देखा।

सदियाँ बीत गयी हैं सपने मरे हुए
ज़ख़्म हमारे सीने के अब हरे हुए।

वो भी कहाँ अचानक अलग हुए हमसे
हम भी धीरे-धीरे उन से परे हुए।

इतना खौफ़ज़दा है मौसम बाहर का
बैठे हैं सब लोग घरों में डरे हुए।

ऐसा वक़्त भी आया दिल की दुनिया में
सारे खोटे सिक्के इक दिन खरे हुए।

कोई मतलब बतलाये इस सपने का
हमने देखे पेड़ मगर सब झरे हुए।

छू मत देना दुखती रग, फट जायेंगे
कब से बैठे हैं अंदर तक भरे हुए ।

बेबसी की डाल पर दिल का कमल खिलता भी है
बाँहें फैलाकर शहर में अब कोई मिलता भी है।

बेयकीनी ने हमें अन्दर से अन्धा कर दिया
गर यकीं हो तो पहाड़ों का जिगर हिलता भी है।

बोलने का वक़्त जब आया तो चुप्पी साध ली
आदमी हो कर कोई होठों को यूँ सिलता भी है।

क्या पता किस याद ने सूई चुभो दी पैर में
पाँव का छाला कभी छूने से यूँ छिलता भी है।

क्या कुछ होता नहीं आज की दुनिया में
आड़े-तिरछे रंग बदलती दुनिया में।

सारी चीज़ें आसमान को छूती हैं
सस्ता है तो सिर्फ आदमी दुनिया में।

तुम क्या जानो इस दुनिया की सच्चाई
सच फिरता निर्वासित झूठी दुनिया में।

क्या जाने किस रोज़ सुनाई दे जाये
चीख रहा हूँ मैं भी बहरी दुनिया में।

ज़िन्दगी दर्द का अहसान चुकाने आयी
रोशनाई में लहू दिल का मिलाने आयी।

ज़ख़्म सीने के ज़माने को दिखाने आयी
फिर तेरी याद मेरे दिल को दुखाने आयी।

लोग क्या कम थे मेरी खाक उड़ाने के लिये
रात आँधी भी चिराग़ों को बुझाने आयी।

दूर जब घर से चला आया कोई दीवाना
तब कहीं जा के सदा उसको बुलाने आयी।

कितना मुश्किल है ज़माने की नज़र से बचना
और दुनिया भी मेरा शोक मनाने आयी।

मैं तो ममनून हूँ उस सब्ज़परी का यारो
जिस्म की कैद से ख़्वाबों को छुड़ाने आयी।

रोज़ आवाज़ लगाता रहा दरवाज़ा मुझे
घर की खिड़की भी मुझे रोज़ बुलाने आयी।

कितने दिन से कोई उम्मीद नहीं जीने की
कितने दिन से न कोई शम्मां जलाने आयी।

हम ही बच्चे की तरह रूठ गये थे 'माधव'
ज़िन्दगी हम को कई बार मनाने आयी।

पहलू में जब चाँद कुलाँचे भरता है
ख़्वाब न टूटे अन्दर से दिल डरता है।

इतनी जल्दी भूल न हर अफसाने को
ज़ख़्म जिगर का धीरे धीरे भरता है।

मर जाते हैं लोग मौत के आते ही
लेकिन शायर मर कर भी कब मरता है।

एक बार बस पाँव पड़ा अंगारों पर
पानी पर भी कदम सँभल कर धरता है।

सिर्फ हवा का दिल रखती है हरियाली
कहाँ पेड़ से पत्ता कोई झरता है।

उमस भरी यह रात अलग है
सन्नाटे की बात अलग है।

जीत गया हूँ मैं दुनिया से
लेकिन दिल की मात अलग है।

ग़ैरों के सब ज़ख़्म भर गये
अपनों का प्रतिघात अलग है।

याद नहीं फूलों का खिलना
खशबू की सौगात अलग है।

ऐसा क्या बँटवारा, तौबा
पेड़ अलग है, पात अलग है।

बहुत सँभल कर इससे मिलना
इन्सानों की ज़ात अलग है।

दोस्त तिश्नालब शिकस्ता-जाम के अपने मज़े हैं
इस थकी, बेबस, अँधेरी शाम के अपने मज़े हैं।

तुम क्या जानो कैफियत इस बेतुके अहसास की
पाक दामन पर लगे इलज़ाम के अपने मज़े हैं।

गुल ने गुलशन में कहा हँसकर हमारे कान में
आजकल के दौर में गुलफ़ाम के अपने मज़े हैं।

हँसने लगती है तो फिर हँसती ही रहती है जनाब
इस बुरी हालत में भी अवाम के अपने मज़े हैं।

अब किसी की आँख का काँटा नहीं बनता हूँ मैं
गुमशुदा शहरों में हर गुमनाम के अपने मज़े हैं।

अन्दर की बेचैनी बाहर क्यों लाये
आँखों में नमकीन समन्दर क्यों लाये।

मोती, सीपी, घोंघे लाखों चीज़ें थीं
सागर से केवल तुम पत्थर क्यों लाये।

सही दिशा में ले जाने की बात नहीं
हमको उल्टे रस्ते रहबर क्यों लाये।

मुश्किल से दिल मिलने की तजवीज बनी
रिश्तों में नफरत के ख़ंज़र क्यों लाये।

आँगन महक रहा था मन की खुशियों से
बाहर की मायूसी को घर क्यों लाये।

खुशबू, कलियाँ, फूल, सितारे, सपने थे
बाज़ारों से फिर ये ज़ेवर क्यों लाये।

फिर तो अपने हक में सारी कुदरत होती
फूल भी खिलते अगर हवा में शिद्दत होती।

इतना अँधियारा दुनिया में फैल गया
काश चिराग़ों में जलने की हिम्मत होती।

रिश्तों की गुत्थी सुलझाने वालों में
थोड़ी सी तो नेकदिली की नीयत होती।

हम भी मारे गये वक़्त की साज़िश में
अच्छा होता गर बचने की सूरत होती।

बिकती है हर शय जब अपनी दुनिया में
इन्सानी कदरों की भी कुछ कीमत होती।

एक चौराहे पे आकर रुक गया हूँ
भीड़ है लेकिन बहुत तन्हा खड़ा हूँ।

आँधियाँ कुछ इस कदर बढ़ने लगी हैं
मैं चिराग़ों की तरह बुझने लगा हूँ।

अपना दुःख कैसे बताऊँ ज़िन्दगी
लम्हा-लम्हा रात दिन मरता रहा हूँ।

कोई तो पूछे हमारा हाले-दिल
आजकल खामोशियों में सोचता हूँ।

किरचे-किरचे हो के गिरते हैं सवाल
जब कभी तन्हाइयों में चीखता हूँ।

है कुआँ आगे तो पीछे खाई भी
याखुदा अब किस जगह पर आ गया हूँ।

कोई रिश्ता पुराना हो गया है
तुम्हें देखे ज़माना हो गया है।

तुम्हारी याद आते ही ज़ेहन में
बुरा मौसम सुहाना हो गया है।

हवा की बेहयाई क्या बतायें
बहुत मुश्किल लजाना हो गया है।

लबों को खोलना भी जुर्म ठहरा
मुसीबत मुस्कुराना हो गया है।

हमारे शहर का माहौल एकदम
बिगड़ कर कातिलाना हो गया है।

ये कैसे मोड़ पर ले आयी दुनिया
हक़ीक़त का फसाना हो गया है।

बदला नहीं चुका सकता मैं सपनों के अहसानों का
बेशक लाखों बार हुआ है कत्ल मेरे अरमानों का।

मेरी हँसी भुलावा देकर कर देगी गुमराह तुम्हें
तुम भी ढूँढ़ नहीं पाओगे दर्द मेरे अफसानों का।

आने वाला वक़्त करेगा दर्ज़ हमारी सच्चाई
वर्तमान दुश्मन रहता है हम जैसे दीवानों का।

सच लिखने की कोशिश की तो कलम हाथ से छूट गयी
ख़ौफ ज़हन में कितना होगा सत्ता के फरमानों का।

अँधियारे से डरना कैसा, चलो जलायें कन्दीलें
इक झटके से खुल जाता है दरवाज़ा तहखानों का।

रंगोली सा प्यार सजा कर आँगन में
बैठ गये हम दिया जला कर आँगन में।

तुमने मेरी आँखों में क्या देखा था
पूछ रहा है सूरज आकर आँगन में।

ताजमहल एक और नया तामीर करें
नफरत की दीवार गिरा कर आँगन में।

हर आँगन बन जाये मधुबन सपनों का
रख ले कुछ अहसास बचा कर आँगन में।

कुछ तो है जो उस आँगन में छूट गया
आओ खुद को ढूँढ़ें जाकर आंगन में।

सबका ग़म दिखने लगता है
जिसको कम दिखने लगता है।

समझो खून हुआ है दिल का
चेहरा नम दिखने लगता है।

दहशत के आलम में यारो
बच्चा बम दिखने लगता है।

जिसे निकाला दिल ने दिल से
वह हरदम दिखने लगता है।

मुश्किल है अन्दाज़ लगाना
ज़्यादा, कम दिखने लगता है।

सधी हुई आँखों को अक्सर
गुम मौसम दिखने लगता है।

हवा बदलते ही हर दुश्मन
क्यों हमदम दिखने लगता है।

पलक झपकते कच्चे धागे टूट गये
आँख खुली और सारे सपने टूट गये।

मैं तो सीधा सच्चा रहा हमेशा से
क्या जाने क्यों दिल के रिश्ते टूट गये।

इतने दिन तक ढोये शव उम्मीदों के
इनसानों के नाजुक कन्धे टूट गये।

मैं फौलादी हूँ या मेरा चेहरा है
मेरी एक छुअन से शीशे टूट गये।

हम उन गीतों के मामूली मुखड़े हैं
जो लब पर आने से पहले टूट गये।

वक़्त नहीं जाता मुश्किल का
हाल बुरा होता है दिल का।

उसे कभी बुलवा कर देखो
रंग बदल देगा महफिल का।

चलते-चलते टूट चुके हैं
पता नहीं अब तक मंज़िल का।

खंज़र पर चस्पां होता है
पूरा नाम-पता कातिल का।

अगर सफीना डूब गया तो
दोष बताना मत साहिल का।

जहां जिस पर इनायत कम करेगा
ज़ुबां से वो शिकायत कम करेगा।

हमें खुद तोड़नी होंगी सलीबें
खुदा अपनी हिफाज़त कम करेगा।

कोई आँखों से समझे तो समझ ले
बयां दिल की हक़ीक़त कम करेगा।

बहुत ज़्यादा सताने के एवज में
वो खुद से भी मुहब्बत कम करेगा।

अँधेरे का सितम बढ़ने न देना
उजाला भी सियासत कम करेगा।

वही ज़िन्दा रहेगा कल यकीनन
जो अपनी हर ज़रूरत कम करेगा।

अमीरे शहर की देखो अमीरी
गरीबों की हिमायत कम करेगा।

उसी को लोग समझेंगे मसीहा
ज़मीं से जो ज़लालत कम करेगा।

असली मुद्दों को कभी भी दायें-बायें मत करो
और ज़हरीली शहर भर की हवायें मत करो।

देने वाले आसमां की बेबसी समझो ज़रा
अपनी परछाईं को छूने की दुआएँ मत करो।

ये न हो इनसाफ़ की देवी भी रोने लग पड़े
मुआफ हर मुजरिम की यूँ सारी सज़ायें मत करो।

प्यास के होठों को प्यासा छोड़ना भी पाप है
जुर्म इस प्यासी ज़मीं पर ऐ घटाएँ मत करो।

पहाड़ों की गुज़ारिश याद रखना
सुनहरी धूप, बारिश याद रखना।

खुलेगा आसमां तो यह ज़मीं भी
नहीं मानेगी बन्दिश, याद रखना।

बहुत मुश्किल है छूना आसमां को
बहुत आसां है साज़िश याद रखना।

हथेली पर उतर आयेगा सूरज
मेरे होठों की जुम्बिश याद रखना।

उजाले कम नहीं होंगे सफर में
मुझे मिलने की ख़्वाहिश याद रखना।

इक वो दिन थे जब लगती थी सबको प्यारी सच्चाई
आज वही छिप कर बैठी है टूटी-हारी सच्चाई।

हमने खुद अपने होठों पर चुप की मुहर लगा ली है
जाने कब, किस दिन आयेगी, बाहर सारी सच्चाई।

अब तो किसी शख़्स को फुरसत कहाँ कि हमसे बात करे
आने वाला वक़्त करेगा दर्ज़ हमारी सच्चाई।

हाथ में कांसा लिये प्यार का और आँखों में हमदर्दी
गलियों-गलियों घूम रही है बनी भिखारी सच्चाई।

झूठ का मायाजाल सुनहरा, रच देता है सम्मोहन
लेकिन किसी सलीब सरीखी हरदम भारी सच्चाई।

नदी है, नाव है पर जल कहाँ है
हमारी मुश्किलों का हल कहाँ है।

ज़ेहन में ही उगा करते हैं जंगल
वगरना शहर में जंगल कहाँ है।

सभी कुछ गर्क होने को है लेकिन
वो कहते हैं बता दलदल कहाँ है।

घरों की बेबसी छिपती नहीं है
यहाँ पनघट पे अब पायल कहाँ है।

हमारे पाँव कटवा कर ये पूछा
तुम्हारे पैर की चप्पल कहाँ है।

अँधेरे कम नहीं होंगे सफ़र में
जला कर कुछ दिये रख ले नज़र में।

इसे मुरदों का टीला फिर न कहना
अभी कुछ लोग ज़िन्दा हैं नगर में।

हमें इन सुर्खियों में मत तलाशो
बुरे इन्सान रहते हैं खबर में।

परिन्दों को नहीं मालूम लेकिन
छिपा रहता है अम्बर बालो-पर में।

इसे कहते नहीं क्या लामकानी
कई बेघर मिले अपने ही घर में।

कोई भी सुध नहीं लेता किसी की
हज़ारों लोग लटके हैं अधर में।

ज़िन्दगी बेकार है अब क्या करे कोई बता
हर जगह बाज़ार है अब क्या करे कोई बता।

चन्द लम्हों में, मशीनों ने बना डाला मशीन
आदमी लाचार है, अब क्या करे कोई बता।

जिस्म है कि जल रहा है पर ज़ुबां खामोश है
हाथ पर अंगार है, अब क्या करे कोई बता।

ख्वाब गिरवी हैं हज़ारों शायरों के आज भी
कैद में इज़हार है अब क्या करे कोई बता।

शक की सूई घूमती है हर दफा क्यों आप पर
आप की सरकार है अब क्या करे कोई बता।

सफ़र ठहरे तो कुछ मंज़िल की सोचूँ
ज़ेहन खामोश हो तो दिल की सोचूँ।

गुज़रता वक़्त रुकता ही कहाँ है
मैं कैसे वक़्त के हासिल की सोचूँ।

बहुत दिन से तूफानों में घिरा हूँ
चलो कुछ देर तो साहिल की सोचूँ।

यहाँ मुंसिफ भी मुजरिम सा लगे है
मैं किस उम्मीद पर कातिल की सोचूँ।

कहाँ आसान है खुद को समझना
बड़ी मुश्किल से इस मुश्किल की सोचूँ।

दर्द कहाँ कितना होता है, कैसे क्योंकर नहीं हुआ
उसको क्या मालूम जो अपने घर से बेघर नहीं हुआ।

क्या-क्या नहीं कहा दुनिया ने कातिल, बागी, विद्रोही
ऐसा क्या इलज़ाम था कोई जो अपने सर नहीं हुआ।

इतने सारे तौर-तरीके हैं सब कुछ कह देने के
दिल के दर्द को लिखने वाला कलम मयस्सर नहीं हुआ।

सदियों से इन्सानी कदरें खून-खाक में लिपटी हैं
फिर भी हैरानी है इन्सां अब तक पत्थर नहीं हुआ।

रहजन को भी शर्म आ गयी इक दिन सब करतूतों पर
शर्मसार अपने कामों पर कभी भी रहबर नहीं हुआ।

रेगिस्तानों की रेतीली आँधी खूब चली लेकिन
तेरे मेरे प्यार का 'माधव' खुश्क समुन्दर नहीं हुआ ।

नदी की, नाव की या हौसलों की
कहानी तो सुनाओ दिलजलों की।

जहाँ पर रास्ता गुम हो गया था
वहीं से राह निकली मंज़िलों की।

मेरी आँखों से आँसू बह रहे हैं
सुनी थी चीख मैंने घायलों की।

समुन्दर को नज़र आये ना आये
उदासी कम नहीं है साहिलों की।

कभी फुरसत मिले तो पूछ लेना
बहुत मुश्किल है बातें मुश्किलों की।

कहाँ मिलेगा मुझे इस जगह ठिकाना भी
बना के तोड़ दिया तुमने आशियाना भी।

खनक हँसी की अभी तक ज़हन में कायम है
अभी भी याद है मुझको तेरा लजाना भी।

वो कह रहे हैं कि खुलकर हँसो ज़माने में
लबों को रास नहीं आया मुस्कुराना भी।

अकेले तुम ही नहीं थे मेरी ख़िलाफ़त में
हमारी जान का दुश्मन रहा ज़माना भी।

बहुत करीब से देखी है चाँदनी हमने
बहुत करीब से सूरज का डूब जाना भी।

पत्थर से पत्थर टकराते इक दिन पत्थर लोग हुए
ऐसी आँधी चली हज़ारों घर से बेघर लोग हुए।

चैन सुबह का गया हमारा, नींद रात की चली गयी
रहजन से भी ज़्यादा घातक अपने रहबर लोग हुए।

साफ़-साफ़ कहना भी शायद जुर्म हो गया दुनिया में
इसीलिए बदनाम शहर में केवल शायर लोग हुए।

उनकी पलकों पर सपने भी गश्त लगाना छोड़ गये
सबकी फटी हुई आँखों में सूना अम्बर लोग हुए।

पहले हाथ दुआओं में ही उठते थे इनसानों के
लेकिन मौसम ऐसा बदला खूनी ख़ंज़र लोग हुए।

जीवन का क्या कोई मानक होता है
खुशबू का आरम्भ अचानक होता है।

आवाज़ें आती रहती हैं जंगल से
जंगल का ही नाम स्थानक होता है।

हँस पड़ता है कभी, कभी रो देता है
हर व्यक्ति के मन में बालक होता है।

कुछ लोगों को ही कहते हैं पैगम्बर
केवल कुछ का नाम स्मारक होता है।

लाख समुन्दर ले आने से क्या होगा
अगर प्यास से व्याकुल चातक होता है।

बेहतर है कोई चिंगारी निकले क्यों
हिंसा का परिणाम भयानक होता है।

ऐसी भूल भुलैया थी कि ठौर-ठिकाना भूल गये
अँधियारे में ऐसे भटके घर भी आना भूल गये।

चौराहों पर मिले हज़ारों चेहरों के इस जंगल से
हम अपना असली चेहरा भी वापस लाना भूल गये।

वह तो खैर पुरानी बातें भूल गया है बचपन की
हम भी कुछ उसकी शैतानी याद दिलाना भूल गये।

पानी की प्यासी रूहों को सारे नग़में याद रहे
लेकिन दरिया अपने दिल की प्यास बुझाना भूल गये।

हाकिम ने जिस दिन भी पूछा हाल हमारे जीवन का
हम उस दिन अपने सीने के ज़ख़्म दिखाना भूल गये।

उनकी खातिर ले कर आया हूँ सपनों की सौगातें
जिनकी पलकों पर सपने भी आना जाना भूल गये।

कभी सपनों की हर मीठी चुभन में रंग भरता है
तुम्हारा मुस्कुराना तन-बदन में रंग भरता है।

अकेले धूप के वश में नहीं इतना चमक उठना
अँधेरा ही तो इस नीले गगन में रंग भरता है।

खिले हैं फूल मौसम के, हवाओं की निगाहों में
उनींदी रात का जादू नयन में रंग भरता है।

करिश्मा हो भी सकता है किसी इनसान के हाथों
तेरा अहसास जीने की लगन में रंग भरता है।

तुम्हारी याद का दीपक जलाकर रातभर 'माधव'
मेरा दीवाना-दिल सूने सहन में रंग भरता है।

नाकामी अँधियारों जैसी
मिली ज़िन्दगी ख़ारों जैसी।

नादानों को क्या समझायें
धरती भी है तारों जैसी।

कुछ घंटों की आवाजाही
अफवाहें अखबारों जैसी।

ज़हर बुझे ख़ंज़र से जुमले
बातें भी तलवारों जैसी।

तकदीरें तामीर करेंगी
कलमें हैं औज़ारों जैसी।

काल-कोठरी जैसे बन्धन
रस्में हैं दीवारों जैसी।

दिन अलसाई सरगम जैसा
रात बुझे अंगारों जैसी।

ये दुनिया पिछली दुनिया से बहुत आगे निकलनी है
हमें इस वक़्त अपने दौर की सूरत बदलनी है।

इसे हर हाल में महफूज रखना दोस्तो क्योंकि
यही वो शम्मां है जो आँधियों के बीच जलनी है।

सुबह होने तलक काबू में रखना हौसला अपना
बड़ी मुश्किल से जुल्मों की अँधेरी रात ढलनी है।

तुम्हें रस्ते की सब दुश्वारियाँ कैसे बतायें हम
हमारा जिस्म घायल है, हमारी छाती छलनी है।

बिछी है बर्फ की चादर जो अब तक आपके दिल में
खुदा जाने वो किस अहसास को छू कर पिघलनी है।

हर लम्हा बेगाना है
पर किसने पहचाना है।

जिसे मौत सब कहते हैं
धड़कन का रुक जाना है।

मैं क्या मेरा 'मैं' भी क्या
केवल आबो-दाना है।

दुनिया सब कुछ समझ गयी
बस खुद को समझाना है।

झूठी तारीखें मत देख
झूठा आना -जाना है।

मैं तुझसे मायूस नहीं
तू मेरा अफसाना है।

जीवन की सच्चाई क्या
हर पल धोखा खाना है।

उस महफिल से क्या रिश्ता
रोना है ना गाना है।

लामकां उम्मीद, यारों का हजूम
बढ़ रहा है ग़म के मारों का हजूम।

मेरा दामन ही जला दे ना कहीं
ज़ेहन में बढ़ते शरारों का हजूम।

एक तारा टूटने का ग़म न कर
कम नहीं होता सितारों का हजूम।

फूल , कलियाँ, तितलियाँ मरती नहीं
चाहें जितना भी हो ख़ारों का हजूम।

मेरी बारी तक बचेगा क्या वहाँ
देख तो, उम्मीदवारों का हजूम।

कर दिया दिल से दिल जुदा किसने
आग को आज दी हवा किसने।

टूटे खँडहर की चारदीवारी
नाम मेरा वहाँ लिखा किसने।

मैं जहाँ था, वहीं पे कायम हूँ
फासला इतना तय किया किसने।

कोई मुन्सिफ नहीं अदालत में
फिर किया अपना फैसला किसने।

जिससे सारा जहान रौशन था
वो दिया भी बुझा दिया किसने।

दहकती रेत को ठहरा हुआ जलथल समझते हैं
हम अपनी ज़िन्दगी को दर्द का जंगल समझते हैं।

चलो अब साफगोई बन्द कर लो साफगोई से
ज़माने वाले शाइर को फकत पागल समझते हैं।

ज़रा सा खून क्या टपका था कल मेरी निगाहों से
जहां वाले मुझे अपनी तरह घायल समझते हैं।

नहीं तो प्यास भी दम तोड़ देती उस मरुस्थल में
बहुत अच्छा हुआ हम धूप को बादल समझते हैं।

असल में वक्त के पैरों के घुँघरू कम नहीं बजते
गनीमत है कि हम सब जिस्म को पायल समझते हैं।

समुन्दर को नज़र में ढूँढ़ता हूँ
तुझे हरदम निरन्तर ढूँढ़ता हूँ।

यहाँ मुझ सा मुसाफिर कौन होगा
मैं मंज़िल को सफ़र में ढूँढ़ता हूँ।

जिसे चौराहे पर खोया था इक दिन
उसी शय को मैं घर में ढूँढ़ता हूँ।

अँधेरी रात के घायल अँधेरो
तुम्हें अब भी सहर में ढूँढ़ता हूँ।

मैं अपने गाँव की पनिहारिनों को
कई दिन से नगर में ढूँढ़ता हूँ।

कोई उस गुमशुदा की भी खबर दे
जिसे मैं हर खबर में ढूँढ़ता हूँ।

खामियाँ - खूबियाँ बताती हैं
फूल हैं, तितलियाँ बताती हैं।

घर के हालात किस तरह के हैं
आजकल खिड़कियाँ बताती हैं।

सच लिखना बहुत ही मुश्किल है
ये कटी उँगलियाँ बताती हैं।

कौन किसके करीब है कितना
दिल की सरगोशियाँ बताती हैं।

बीती रुत की कहानियाँ सारी
चेहरे की झुर्रियाँ बताती हैं।

ज़िन्दगी है कि आग दोज़ख की
ये हमें बेटियाँ बताती हैं।

खुद को लम्बा कहूँ या बौना मैं
कद तो परछाइयाँ बताती हैं।

ग़लत सदी के ग़लत तकाज़े ग़लत तरीके से मार देना
मेरे ज़हन के सहन में बिखरे उदास लम्हे बुहार देना।

चलो कहीं से चुरा के लाये हवा के होठों की बदगुमानी
मेरी गुज़ारिश है आसमां से मुझे भी थोड़ा सा प्यार देना।

उदासियों के हज़ारों चेहरे, हज़ारों आँखों से झाँकते हैं
बहुत ही मुश्किल है ज़िन्दगी को भरी नदी में उतार देना।

नहीं तो तुमको बनाने वाला, तुम्हारे होने पे रो पड़ेगा
बुरे से ज़्यादा बुरा समय भी खुशी-खुशी से गुज़ार देना।

इसी खुशी के लिए जहां में, सभी की आँखें तरसती आयीं
अगर ये मौका मिले तुम्हें तो नसीब सबके सुधार देना।

बीती रुत की कहानियाँ सारी
आ मुझे दे निशानियाँ सारी।

रात सपने में ऐसा क्या देखा
मिट गयी हैं उदासियाँ सारी।

पेड़ को भी कहाँ पता होगा
झर गये फूल, पत्तियाँ सारी।

रक्स करती थी जिनकी दीवारें
अब कहाँ वे हवेलियाँ सारी।

दोस्त अपना भी वक़्त आने दे
काट डालेंगे बेड़ियाँ सारी।

ज़िन्दगी जब्त करने वालों ने
रहन रख ली हथेलियाँ सारी।

मेरी पहचान बन गयी 'माधव'
मेरे सब ऐब, खामियाँ सारी।

अन्धेरगर्दी का हर अँधेरा उजास बन कर टहल रहा है
तुम्हें दिखाई दिया नहीं क्यों, ज़माना करवट बदल रहा है।

सुनो सफ़र में किसी को मंज़िल मिली किसी को मिले अँधेरे
मगर सभी के हताश दिल से, उदास सूरज निकल रहा है।

उसी का धुँधला सा अक़्स मुझको कहाँ-कहाँ से गुज़ार लाया
वहाँ पहाड़ी के ठीक ऊपर चिराग़ कोई तो जल रहा है।

हमारे चेहरे को देख कर के कोई भी अन्दाज़ क्या लगाये
हमारे सीने में बेबसी का असल में लावा उबल रहा है।

मुझे गिरा कर निकलने वाले तुम्हें उठाकर उछाल देंगे
हमारे हिस्से का सच यही है, यही हमेशा से छल रहा है।

इस दरज़ा हक़ीक़त से बेजार नज़र आये
दीवार के साये में दीवार नज़र आये।

रस्ते में मुसीबत के आसार नज़र आये
तलुवों के तले जलते अंगार नज़र आये।

इन्साफ़ की आँखों में दहशत के इलावा भी
कुछ खौफ़ज़दा चेहरे हर बार नज़र आये।

अहसास की नज़रों से जब देखा ज़माने को
सब हँसते हुए चेहरे बीमार नज़र आये।

हवाओं के बवंडर कम नहीं थे
परिन्दों के मगर पर कम नहीं थे।

अकेले राहजन को दोष मत दो
हमारे अपने रहबर कम नहीं थे।

बहुत महफूज थे सब काँच के घर
गली में यूँ तो पत्थर कम नहीं थे।

अगर शमशीर का कद बढ़ रहा था
कलम होने को भी सर कम नहीं थे।

तेरी चौखट पे आ कर झुक गया हूँ
वगरना शहर में दर कम नहीं थे।

मकानों की कतारों पर कतारें
मगर शहरों में बेघर कम नहीं थे।

सियासत में समझदारी ग़लत है
वफ़ा से भी वफ़ादारी ग़लत है।

चिराग़ों से न हों हमदर्दियां पर
हवाओं की तरफदारी ग़लत है।

ये सारे पेड़ रोने लग गये क्यों
तुम्हारे हाथ में आरी ग़लत है।

ज़रा सी बात भी समझे नहीं क्या
ग़लत इन्सान से यारी ग़लत है।

जो दिल में है उसे कहते नहीं क्यों
मुहब्बत में अदाकारी ग़लत है।

अन्दर एक खला भी है
शायद प्यार सज़ा भी है।

तू कहता है बिछड़ गया
तुझसे कोई मिला भी है।

इतना तो मायूस न हो
ऊपर एक खुदा भी है।

इस दीये का दर्द समझ
सारी रात जला भी है।

तन्हा कोई नहीं यहाँ
सबके साथ खुदा भी है।

आँखों के आँसू मत देख
लब पर दोस्त दुआ भी है।

देख हवा के हाथों पर
तेरा नाम लिखा भी है।

तोड़ो इन ज़ंजीरों को
इनसे वक़्त बँधा भी है।

मैं क्या मेरा दिल भी क्या
सपनों की मंज़िल भी क्या।

कश्ती डूबी सो तो ठीक
डूब गया साहिल भी क्या।

सिर्फ बेबसी, तनहाई
जीवन का हासिल भी क्या।

चोर-उचक्के बरी हुए
छूट गया कातिल भी क्या।

नमुमकिन जब लफ्ज़ नहीं
दुनिया में मुश्किल भी क्या।

मिले हज़ारों लोग सफर में पहले भी
तुम ही आये नहीं नज़र में पहले भी।

इतना ज्यादा संकट कब था साँसों पर
जयचंद तो होते थे घर में पहले भी।

ऐसे लुट-पिट कर तो कभी नहीं लौटे
जाते थे सब लोग नगर में पहले भी।

बुरी तरह से आखिर कोई कब रोया
अँधियारा होता था घर में पहले भी।

सारा गुलशन उजड़ा ना बरबाद हुआ
गिरे हज़ारों पेड़ गदर में पहले भी।

गरीबों पर इनायत कौन करता
मगर इसकी शिकायत कौन करता।

शहर के शहर झूठों से भरे थे
वहाँ सच की तिजारत कौन करता।

उसे दफना दिया सबने दिलों में
मुहब्बत की हिफाज़त कौन करता।

सभी को सर बचाने की गरज़ थी
शहर भर में बगावत कौन करता।

जुबां कटने से पहले मर गयी थी
बयां दिल की हक़ीक़त कौन करता।

लगी थी होड़ बुझने की दियों में
हवाओं की खिलाफत कौन करता।

बस इसी इक बात का चर्चा ही अख़बारों में है
आजकल हर घर की ज़ीनत दोस्त बाज़ारों में है।

देखते ही देखते सब हो गये मतलब-परस्त
गर कहीं इन्सानियत है तो गुनहगारों में है।

पेड़ है कि अपनी परछाईं से बागी हो गया है
अब तो सूरज भी अँधेरों के तरफदारों में है।

कौन जाने किस कली पर दाग़ लग जाये कहाँ
इस चमन का बागबां ही खुद रियाकारों में है।

कौन सी मज़बूरियाँ हैं आप जो रोते नहीं
वरना तो यह शहर सारा सुर्ख अंगारों में है।

आँधियाँ हमको न जाने किस जगह ले जायेंगी
हौंसला बाकी बचा है तो कलमकारों में है।

भीड़ में कितने ही शायर गुम हुए
नींव के नायाब पत्थर गुम हुए।

उनकी आँखों में समा कर जानिये
झील में सातों समुन्दर गुम हुए।

वो हमारे नाम से अनजान हैं
हम जिसे अपना बना कर गुम हुए।

अपने घर में ढूँढ़ता फिरता हूँ मैं
प्यार के लम्हे जो बाहर गुम हुए।

हो गये बाज़ार गलियों में खड़े
देखते ही देखते घर गुम हुए।

रह गयी कुछ टोपियाँ धड़ पर टँगी
सोचने वालों के जब सर गुम हुए।

बुझा हुआ हर दीपक जलने वाला है
शायद अपना वक़्त बदलने वाला है।

अँधियारी रातों के अब दिन बीत गये
ज़ुल्मत का यह सूरज ढलने वाला है।

बहुत प्यार से उसने गले लगाया था
डरता हूँ, वह मुझको छलने वाला है।

गिरने की इस हद से आगे क्या गिरना
गिरा हुआ इन्सान सँभलने वाला है।

चलो अभी से लौट चलें वीरानों में
शहरों का अन्दाज़ बदलने वाला है।

बेहतर है अब छिप जाओ आवाज़ों में
सन्नाटा भी आग उगलने वाला है।

पानी सर से गुज़र न जाये कहीं
तू भी दिल से उतर न जाये कहीं।

डूब जा इत्मिनान से दिल में
ग़म का सूरज बिखर न जाये कहीं।

अब वहाँ धूप है न शबनम है
ज़िन्दगी मेरे घर न जाये कहीं।

सोच कर भी उदास होता हूँ
ज़ख़्म यादों का भर न जाये कहीं।

आदमी-आदमी के चक्कर में
आदमीयत ही मर न जाये कहीं।

वक़्त बेवक़्त चलता रहता हूँ
ज़िन्दगानी ठहर न जाये कहीं।

याद करके कहानियाँ अपनी
रोज़ रोती हैं खिड़कियाँ अपनी।

अब तो आवाज़ भी नहीं आती
बढ़ गयीं इतनी दूरियाँ अपनी।

ऐब दिखते हैं सिर्फ गैरों के
किसको दिखती हैं खामियाँ अपनी।

बन्द हैं दर तमाम रिश्तों के
खो गयी जैसे चाबियाँ अपनी।

मुद्दतों से इधर नहीं आये
राह तकती हैं घाटियाँ अपनी।

ज़माने को बदल देगा ज़माना।
कभी जब सोच बदलेगा ज़माना।

हमारी ज़िन्दगी की दास्तां को
किसी दिन खुद ही लिक्खेगा ज़माना।

किसी को क्या ख़बर कि कौन हैं हम
हमें इक रोज़ ढूँढ़ेगा ज़माना।

ज़माने से कहो चुपचाप बैठे
नहीं तो चीख उट्ठेगा ज़माना।

कई सालों से बैठा है छिपाये
दिलों के राज़ उगलेगा ज़माना।

कड़ी धूप में नंगे पैरों हम सदियों तक चल सकते थे
तुमने हार मान ली खुद से वरना हम भी जल सकते थे।

हमें रात का डर दिखला कर लूट लिया उजली किरणों ने
हम भी अगर सयाने होते सूरज को भी छल सकते थे।

तुमने अहसासों के सारे दरवाज़े क्यों बन्द कर लिये
खुले ज़ेहन में अरमानों के लाख बवंडर पल सकते थे।

हमने किया फैसला सारे मरने तक संघर्ष करेंगें
यदि हम बुजदिल कायर होते राख बदन पर मल सकते थे।

तब तो तुमने अपने मन को दीवारों में कैद कर लिया
सपनों के अनजान सफ़र पर जब चुपचाप निकल सकते थे।

बात सनसनीखेज़ बहुत है
तू हैरत-अंगेज बहुत है।

क्या जाने कल़ क्या उग आये
धरती भी ज़रख़ेज़ बहुत है।

माली से यूँ बोलीं कलियाँ
काँटों की भी सेज़ बहुत है।

कश्ती कैसे काबू आये
तूफां भी तो तेज़ बहुत है।

रंग सुबह कुछ और शाम कुछ
सूरज भी रंगरेज बहुत है।

लिखने वालों के कमरों में
केवल कुर्सी, मेज़ बहुत है।

क्या बतायें किस तरह से राजधानी में रहे
जाने कितने साल तक हम लामकानी में रहे।

आने वाले वक़्त की तहरीर लिक्खेंगे हमीं
दोस्तो कुछ लोग तो इस बदगुमानी में रहे।

एक पल भी ठहर कर देखा नहीं खुद को कभी
सोच के दरिया हमेशा से रवानी में रहे।

यह खुदा का शुक्र है कि आज तक डूबे नहीं
सैकड़ों सपने मेरे आँखों के पानी में रहे।

मैं उसी अन्दाज़ से अब तक जिया हूँ दोस्तो
जिस तरह किरदार कोई हर कहानी में रहे।

दासतां का दौर भी अच्छा हमें लगने लगा
इस कदर बेहाल तेरी हुक्मरानी में रहे।

फूल, कलियाँ, तितलियाँ होती नहीं
अब नज़र में बिजलियाँ होती नहीं।

वो भी खुल जाते हैं ताले एक दिन
जिनकी कोई चाबियाँ होती नहीं।

धूप आती है वहाँ भी दौड़ कर
जिन घरों में खिड़कियाँ होती नहीं।

है बहुत नज़दीकी रिश्ता दर्द का
ज़िन्दगी में दूरियाँ होती नहीं।

हो सके तो छू लो मुझको प्यार से
ज़हन में सरगोशियाँ होती नहीं।

एक जैसी दोस्त आदमज़ात है
आदमी की जातियाँ होती नहीं।

उनके दरवाज़े बहुत ग़मगीन है
जिन घरों में खिड़कियाँ होती नहीं।

भीड़ भरे हर महानगर में तन्हा था
जो भी मुझको मिला शहर में तन्हा था।

तन्हाई का आलम यह था रस्ते में
हर कोई इन्सान सफ़र में तन्हा था।

घर की सारी दीवारों पर चेहरे थे
लेकिन घर का मालिक घर में तन्हा था।

उसका सिर्फ अकेलापन ही साथी था
वह पंछी जो हरे शजर में तन्हा था।

वक़्त का हाल-चाल लिखता हूँ
रात-दिन पूरे साल लिखता हूँ।

शेर जब बाकमाल लिखता हूँ
सिर्फ अपना ही हाल लिखता हूँ।

जिस्म सीढ़ी नहीं हुआ करता
'मत करो इस्तेमाल' लिखता हूँ।

क्या पता कब जवाब दे दरिया
पानियों पर सवाल लिखता हूँ।

काँप उठता है हाथ वाला कलम
जब तुम्हें बेमिसाल लिखता हूँ।

बाग का हर फूल खारों का गुलाम।
वक़्त हमसे खाकसारों का गुलाम।

अब नहीं शिद्दत किसी भी लहर में
हो गया तूफां, किनारों का गुलाम।

आम इन्सानों की फिर औकात क्या
वक़्त भी है चाँद-तारों का गुलाम।

हाथ के सादा हुनर की क्या कहें
आसमां तक दस्तकारों का गुलाम।

झूठ की दीवारों पर चिपकाइये
बन गया सच इश्तिहारों का गुलाम।

वो न होते तो न होती बन्दगी
है खुदा भी गुनहगारों का गुलाम।

और क्या करता वो इन हालात में
खुदकुशी करता न गर जज़्बात में।

ये शहर भी है नयी तहज़ीब का
है उजाला दिन का, आधी रात में।

धूप सूरज की नज़र से दूर थी
इसलिए बँटती रही खैरात में।

शहर में आती तो मर कर लौटती
बच गई इन्सानियत देहात में।

अब मेरे पहलू में मेरा कुछ नहीं
ज़िन्दगी दे दी तुम्हें सौगात में।

इसी तरह से ही तय होगा फासला इक दिन
चलेंगे पैर तो निकलेगा रास्ता इक दिन।

अभी तो हम ही सिसकते हैं अपनी हालत पर
हमारे हाल पे रोयेगा ये खुदा इक दिन।

इसी उम्मीद पर छूता हूँ उसके होठों को
पिघल उठेगा ये पत्थर का देवता इक दिन।

तमाम उम्र यूँ ही साथ साथ चलते हुए
गली के मोड़ पर हो ही गये जुदा इक दिन।

मैं किससे पूछ कर उसकी सनद कहाँ से लूँ
तुम्हारे बारे में यूँ तो बहुत सुना इक दिन।

जिसे बुझाने हवा रोज़ झूम कर आये
इसी तरह का कोई इक दीया जला इक दिन।

मैं अपनी आँख से देखूँ जहान की आँखें
मेरी निगाह से परदा कभी हटा इक दिन।

ज़ेहन में आपके थोड़ा सा भी तनाव नहीं
हमें भी आपसे मिलने का कोई चाव नहीं।

तो किस उम्मीद पर फूलों की बात करते हो
तुम्हारे पास गर खुशबू का रख रखाव नहीं।

किसी ने शहर को पत्थर बना के छोड़ दिया
किसी भी शख़्स के चेहरे पे हाव-भाव नहीं।

जला के हाथ पे रखता हूँ सुर्ख अंगारा
इसे बुझाने की दुनिया में कोई ताव नहीं।

दिलों में दर्द की शिद्दत तलाशने वालो
नगर में प्यार के जलते हुए अलाव नहीं।

लबों पर जिस तरह फरियाद आये
मुझे तुम बेतहाशा याद आये।

अगर उनसे कोई इमदाद आये
हमारी मौत के ही बाद आये।

किसी पर तोहमतें क्यों कर लगाते
हम ही गुलशन को कर बर्बाद आये।

चने लोहे के नाकाफी रहे हैं
हमारे वास्ते फौलाद आये।

बुजुर्गों की जो हालत देखता हूँ
खुदा ऐसी न अब औलाद आये।

तुम्हारे शेर ही ऐसे हैं 'माधव'
कहाँ से, किस तरफ से दाद आये।

कहाँ तस्वीर बनती है असल में
हवा का रुख बदल जाता है पल में।

खुदा जाने कहाँ गिर जाये शायर
बहुत से मोड़ आते हैं ग़ज़ल में।

चटख रंगों के सम्मोहन का जादू
कोई खुशबू नहीं होती कमल में।

सदा रहता है मुँह पर राम जिनके
छुरी होती है उनकी ही बगल में।

मैं पानी पर लिखूँगा नाम अपना
मैं अपने को मिला डालूँगा जल में।

इसी कारण मैं उसको चाहता हूँ
ज़रा सा प्यार भी है उसके छल में।

बेपरदा इज़हार न कर
खुद से इतना प्यार न कर।

हिम्मत है तो सामने आ
छुप-छुप कर दीदार न कर।

रूह का रिश्ता कायम रख
जिस्म की सरहद पार न कर।

जिसे निभाना मुश्किल हो
ऐसा भी इकरार न कर।

दिल गुस्ताख न हो जाये
गुस्ताखी अब यार न कर।

है दर पर दरवेश खड़ा
देख, उसे इनकार न कर।

अगर लफ्ज़ों में अपने सादगी है
बहुत खुशहाल अपनी ज़िन्दगी है।

अँधेरों के कहर का ख़ौफ़ कैसा
चिराग़ों में अभी तक़ रौशनी है।

बुरे हालात ही इतने बुरे हैं
मगर बदनाम है तो आदमी है।

पलट कर लौटने की बात मत कर
बड़ी मुश्किल सफ़र में वापसी है।

मिलेगी तो घरों में ही मिलेगी
खुशी बाज़ार में गुम हो गयी है।

गिला आँधी से ना तूफां से कोई
ये शम्मा जलते-जलते बुझ गयी है।

समुन्दर भावनाओं के बचा लो
अगर दूषित विचारों की नदी है।

हुआ था पूरी तरह दोस्त मैं बयां उस दिन
किसी ने काट ली लेकिन मेरी जुबां उस दिन।

बचा सका न कोई दिल का आशियाँ उस दिन
हमारी साँसों से उठता रहा धुआँ उस दिन।

उसे ही ढूँढ़ता फिरता हूँ एक मुद्दत से
शहर की भीड़ में वो खो गया कहाँ उस दिन।

ज़मीं के दर्द की शिद्दत तभी समझ आयी
बहुत करीब से देखा जो आसमां उस दिन।

ज़ेहन में प्यार के सपनों की शाम रहने दे
नज़र के सामने चेहरे तमाम रहने दे।

ये तख़्तो-ताज किसी और के लिए रख ले
मुझे तो इल्मो-हुनर का गुलाम रहने दे।

शहर तो आज भी लगता है खून का प्यासा
ज़ुबां पे प्यार के बाकी सलाम रहने दे।

कहीं ये वक़्त की आवाज़ अनसुनी न रहे
जो बात खास है उसको भी आम रहने दे।

लबों की आग से जल जाये ना तेरा दामन
जहाँ पड़ा है वहीं मेरा जाम रहने दे।

खुशबू, रंग, बहार कहाँ से लाओगे
मेरे जैसा प्यार, कहाँ से लाओगे।

कच्ची स्याही पल भर में मिट जाती है
लहू लिखे अशआर कहाँ से लाओगे।

सिर्फ धुआँ उठता है दिल की बस्ती में
लाल सुर्ख अंगार कहाँ से लाओगे।

गला भूख का काट सके जो दुनिया में
ऐसा इक हथियार कहाँ से लाओगे।

इक ना इक दिन विष का प्याला टूटेगा
मीरा को हर बार कहाँ से लाओगे।

सिजदे करने वाले सौ मिल जायेंगे
हम जैसे खुद्दार कहाँ से लाओगे।

:

जाने कब से घूम रहा है मारा मारा सड़कों पर
गिरा टूट कर नील गगन से एक सितारा सड़कों पर।

कहते हैं कि हाथ बहुत ही लम्बे हैं कानूनों के
फिर क्यों सरे आम फिरता है हर हत्यारा सड़कों पर।

भाग्य-विधाता जिसे कहा था संविधान-निर्माता ने
बेघर-बार मिला वह मुझको टूटा-हारा सड़कों पर।

महलों में रहने वालों को लाखों दिक्कत होती हैं
पूरा कुनबा कर लेता है मगर गुज़ारा सड़कों पर।

इसी तरह के चौराहों पर पिछली पीढ़ी खत्म हुई
यह पीढ़ी भी दिशाहीन सी है आवारा सड़कों पर।

बीमार से लफ़्ज़ों को तहरीर समझ बैठे
हम लोग अँधेरों को तकदीर समझ बैठे।

सोचा ही नहीं सूरज सीने में भी उगता है
हर प्यार के रिश्ते को ज़ंजीर समझ बैठे।

बुनियादी मसाइल तो सुलझाने नहीं आये
बेकार के कामों को तदबीर समझ बैठे।

चुपचाप सा गुमसुम सा बैठा हूँ मैं बुत बन कर
बेहतर है मुझे दुनिया तस्वीर समझ बैठे।

जब कच्चे मकानों को पानी ने डुबो डाला
कुछ लोग तो दरिया को बेपीर समझ बैठे।

काँटों की चुभन कितनी ज़हरीली रही होगी
हर फूल की पत्ती को शमशीर समझ बैठे।

जिनका जीवन रहा हमेशा जोखिम भरे निशाने पर
क्या जाने किस दिन पहुँचेगे अपने ठौर-ठिकाने पर।

मैं इसको बदलाव कहूँ या कहूँ वक्त की बेशरमी
आँधी मुझ से रूठ गयी है घर में दीया जलाने पर।

उनसे पूछो कलम कीमती कितना ज़्यादा होता है
जिन्हें मौत की सज़ा मिली है लिखने और लिखाने पर।

तुम क्या जानो प्यार हमारा कितनी शिद्दत रखता है
हमने दिल के दिये जलाये सिर्फ तुम्हारे आने पर।

बाहर के तो सारे सदमे झेल गये हम सीने पर
अक्ल हमेशा आयी हमको घर में ठोकर खाने पर।

सुबह से शाम तक जलते हुए खँडहर दिखाता है
ये कैसा शहर है जो .ख़ौफ़ के मंज़र दिखाता है।

मुझे अफसोस है कि कट गयी उसकी ज़ुबां कब की
वो खुश हो कर मुझे अपना सलामत सर दिखाता है।

लरज कर काँप उठता है बदन सारी रियाया का
हमें जब ख़्वाब जन्नत के कोई रहबर दिखाता है।

मैं उसके सामने जब काँच की तस्वीर रखता हूँ
वो अपने हाथ में पकड़ा हुआ पत्थर दिखाता है।

❑❑